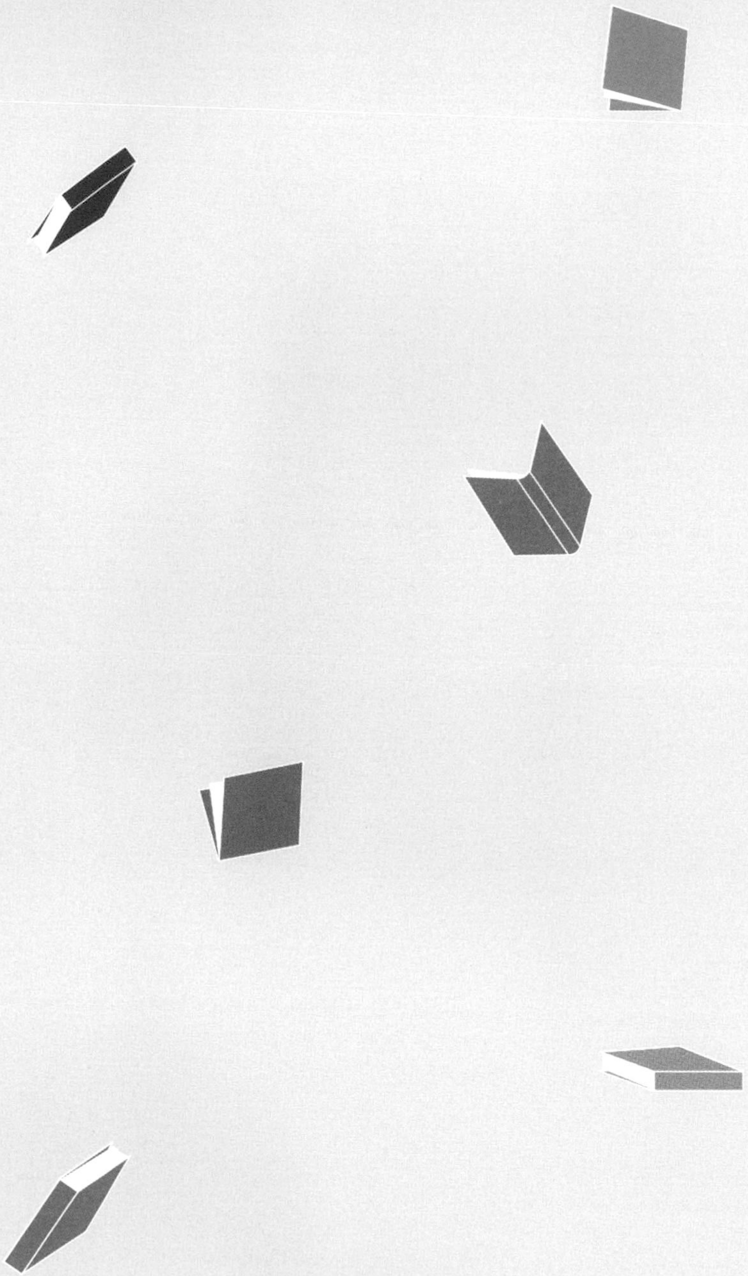

閱讀123

國家圖書館出版品預行編目（CIP）資料

小火龍與糊塗小魔女 / 哲也作；水腦繪. --
第二版. -- 臺北市：親子天下, 2017.09
140面；14.8x21公分　ISBN 978-986-95047-8-2(平裝)
859.6　106010224

閱讀 123 系列 — 038

小火龍與糊塗小魔女

作者｜哲也
繪者｜水腦

責任編輯｜黃雅妮、陳毓書
美術設計｜林家蓁
行銷企劃｜王予農、林思妤

天下雜誌群創辦人｜殷允芃
董事長兼執行長｜何琦瑜
媒體暨產品事業群
總經理｜游玉雪
副總經理｜林彥傑
總編輯｜林欣靜　行銷總監｜林育菁
資深主編｜蔡忠琦　版權主任｜何晨瑋、黃微真

出版者｜親子天下股份有限公司
地址｜台北市 104 建國北路一段 96 號 4 樓
電話｜（02）2509-2800　傳真｜（02）2509-2462
網址｜www.parenting.com.tw
讀者服務專線｜（02）2662-0332　週一～週五：09:00~17:30
讀者服務傳真｜（02）2662-6048
客服信箱｜parenting@cw.com.tw
法律顧問｜台英國際商務法律事務所・羅明通律師
製版印刷｜中原造像股份有限公司
總經銷｜大和圖書有限公司　電話（02）8990-2588

出版日期｜2012 年 8 月第一版第一次印行
2023 年 12 月第二版第二十五次印行
定價｜260 元
書號｜BKKCD081P
ISBN｜978-986-95047-8-2（平裝）

訂購服務
親子天下 Shopping｜shopping.parenting.com.tw
海外・大量訂購｜parenting@cw.com.tw
書香花園｜台北市建國北路二段 6 巷 11 號　電話（02）2506-1635
劃撥帳號｜50331356 親子天下股份有限公司

立即購買 >

小火龍與糊塗小魔女

文 哲也
圖 水腦

目錄

作者托播廣告：
第1集《火龍家庭故事集》
好好看
第2集《小火龍棒球隊》
好好笑
第3集《小火龍便利商店》
好好玩
演員介紹：
現在是第四集喔，還沒看前三集的讀者，請轉頭看看窗外，有沒有下雨？沒下雨？那就趕快去書店買。
火龍媽媽
小火龍的媽媽。原本是主角之一，但這集戲份卻很少，她一直向作者抗議，但作者卻假裝沒聽到。
小火龍
其實已經不小了，卻還不太會控制自己的噴火量。被火龍學園退學後，爸媽還是很愛他。上一集在巫婆的便利商店打工，賺了一百枚金幣，在草原上開了一家美麗的花園餐廳。

火龍爸爸

小火龍的爸爸，辛苦的烤玉米賺錢養家，把小火龍扶養長大，現在退休了，偶而陪孩子打棒球。是個好脾氣的爸爸。

巫師

本來是「巫師便利商店」店長，但自從小火龍到「巫婆便利商店」打工，他的生意就一落千丈，最後還被國王勒令停業，他只好帶著女兒躲到深山荒廢的古堡裡隱居，從此對小火龍懷恨在心。

小魔女

巫師的女兒，有點迷糊，但很喜歡上學，就算跟著父親隱居在古堡裡，還是很喜歡寫功課。至於她的母親是誰呢？卻始終是個謎，連作者也不知道。

小小龍

本集的神祕嘉賓。

其他臨時演員

感謝山羊醫生、貓熊司機、食人族、精靈衛兵、還有湖神客串演出。

故事要開始了，請大家趕快準備好零食、飲料，找個舒服的座位坐好喔！
編輯小姐←

1. 魔法師和他的女兒

夏天來了。

來了，來了，陽光像花瓣一樣灑下來了。

來了，來了，溫暖的和風輕輕吹過來了。

來了，來了，溫柔的海浪一波波湧上沙灘來了。

戴著巫師帽的小女孩，看著作業本上的造句示範，咬著鉛筆，皺著眉頭，努力想。啊，有了。她拿起鉛筆沙沙沙寫著：

來了，來了，仙人掌一蹦一跳的來了，

來了，來了，哈利波特騎著掃帚來了，

來了，來了，海綿寶寶跳著扭扭舞來了……

戴著巫師帽的女孩抬頭問爸爸說：「爸，還有什麼東西可以用『來了』造句？」

女孩的爸爸是個巫師，正靠在窗邊嘆氣。

「爸爸不知道。」他搖頭說。

「爸，你說說看嘛。」女孩皺著眉頭，咬著鉛筆。「還有什麼東西來了？超人跑來了？還是火龍飛來了？」

「火龍？」爸爸突然大叫一聲。

「不准你提到火龍，聽到沒有！」

女孩嚇了一大跳，愣住了。

爸爸低下頭。

「對不起，爸爸不應該對你這麼凶。」

爸爸走過來，捧住小女孩的臉龐：「是爸爸不好，害你不能到學校上課……但是，你卻還是這麼認真的做功課。」

女孩的眼角滴下兩顆淚水。

「乖，不要再哭了。」爸爸說：

「傻孩子，我們還有希望啊，為什麼要哭？」

「因為你踩到我的腳了……」

女孩咬著牙說。

「啊，對不起。」

爸爸走到陽臺上，握起拳頭。

「都是小火龍害的，如果不是他的便利商店和我搶生意，我早就變成大富翁，也不用躲到這深山裡來了！」

寒風呼呼吹著，深山裡荒廢的古堡最高處，巫師緊握著陽臺欄杆，朝天空大喊：

「我一定要去向小火龍報仇，誰也不能阻止我！」

喀嚓。

破舊的陽臺欄杆斷了，巫師摔了下去。

「爸爸！你還好嗎？」巫師的女兒趴在陽臺邊，往下喊。

「沒事沒事。」巫師趕快爬起來，拍拍衣服：「幸好我在半空中使出一個叫做『輕飄飄』的魔法，咦，我的魔法棒呢？」

巫師低頭四處找，只找到一根斷成兩段的棒子。

「啊，斷了！」巫師大喊：「我的魔法棒摔斷了！我失去法力了！這下子要怎麼報仇呢？」

「可以用膠帶黏起來嗎？」

女兒衝進房裡拿出一卷膠布，丟下去。

叩。

魔法師昏了過去。

「爸，你還好嗎？」女兒心急的大叫。

「我還活著。」爸爸揉著腫起來的額頭說：「不要再丟東西下來了。」

「那我可以幫什麼忙呢？」女兒往下大喊。

「我想想看……對了，以前你在魔法學校上學的時候，學校不是發給你一支魔法棒嗎？可以借我嗎？」爸爸虛弱的說。

「爸，你說什麼？我聽不太清楚，等一下喔。」女兒又跑進房裡，拿了一支手機丟下去。

叩_{ㄎㄡ}。

爸_{ㄅㄚˋ}爸_{ㄅㄚ˙}又_{ㄧㄡˋ}昏_{ㄏㄨㄣ}了_{ㄌㄜ˙}過_{ㄍㄨㄛˋ}去_{ㄑㄩˋ}。

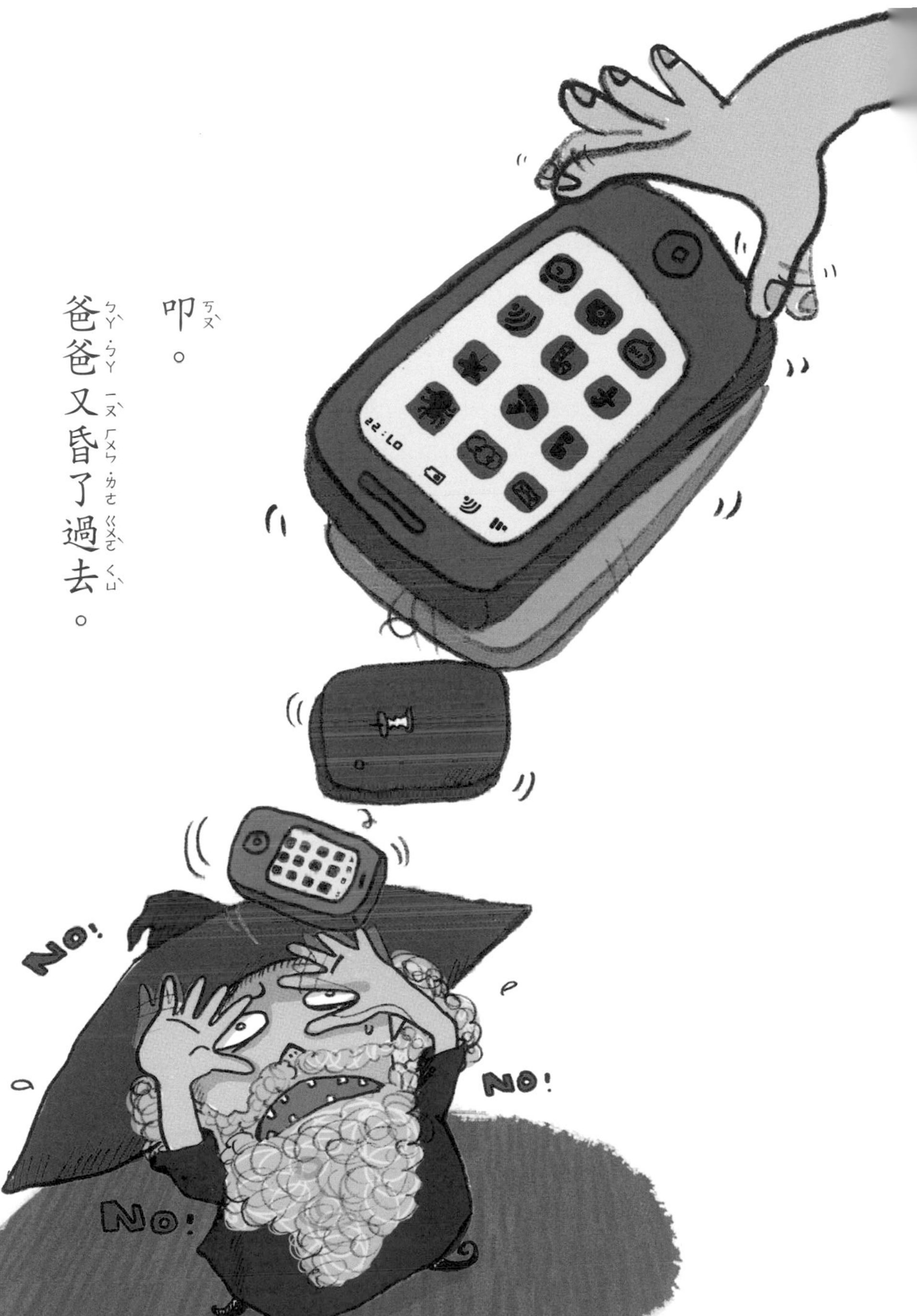

「爸，你還好嗎？」

爸爸悠悠醒來，捂著額頭，拿起手機，撥電話給女兒。鈴……女兒接起電話。

「爸，你找我？」女兒開心的說。

「聽好，第一點，真的不要再丟東西下來了。第二點，把你的魔法棒拿來借我。」爸爸有氣無力的說。

「爸，不丟下去，怎麼拿給你？」

「你可以走下來拿給我。」爸爸翻白眼。

「啊，爸你好聰明！」

女兒拿起她的魔法棒，咚咚咚的跑下樓，從古堡最高層一路跑下來，一邊跑一邊唱著她在魔法學校學的一首歌：「啦啦啦，小魔法，變變變，變青蛙……」跑出大門的時候，喀，一不小心絆到

石頭，跌了一跤，魔法棒飛了出去，叩，敲中魔法師的頭。

一陣閃光，魔法師變成了一隻青蛙。

「爸，我的魔法棒有效耶！」

女兒蹲在青蛙旁邊說：「你還好嗎？」

青蛙在沙地上努力一跳一跳的寫出幾個字：「替我報仇……」然後就昏了過去。

魔法師的女兒把青蛙放進口袋裡，跑回房間，拿起鉛筆，把她剛剛想到的一個造句寫下來：

打倒火龍
魔女牌
來了，來了，魔法師的女兒要來報仇了！

2. 火龍媽媽怎麼了

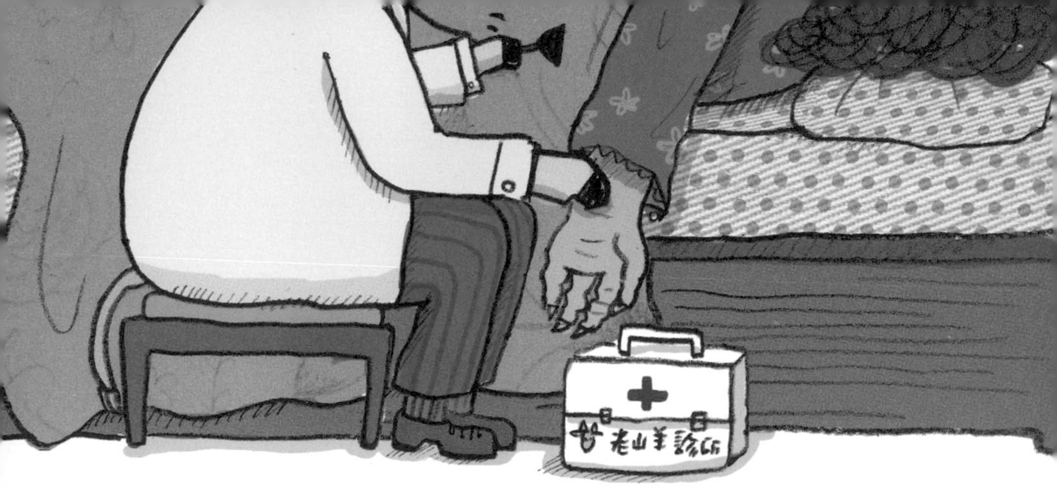

在大草原上，小火龍的家裡充滿著哀傷的氣氛。

火龍媽媽身體不舒服，已經快一個月了。老山羊醫生在火龍媽媽房裡替她把脈，然後嘆了一口氣，搖搖頭，走出房門。

火龍爸爸趕緊迎上前去，問醫生：「大夫，怎麼樣？」

老山羊又嘆了一口氣。

「唉，我必須告訴你一個壞消息。」他說。

爸爸深吸了一口氣。

「你聽了可能會很難過……」

山羊醫生搖頭說。

爸爸一陣頭暈，伸手扶住門框：

「什……什麼壞消息？」

「你要有心理準備……」

山羊醫生說。

「我準備好了，說吧！」

「火龍媽媽床邊那盤餅乾被我吃光了。」老山羊嘆氣說：「唉，實在太好吃了。」

火龍爸爸捉住山羊醫生的大鬍子：「我問的是火龍媽媽的病情！」

「喔……病情是嗎？如此這般……」

山羊醫生靠在爸爸耳邊小聲說。

爸爸先是張大了眼睛，接著沉重的點點頭。

「不要告訴小火龍。」爸爸交代醫生說：「我不知道他能不能接受這個消息。」

老山羊也點點頭。

「那種餅乾還有嗎？」

爸爸把一整罐餅乾都塞進醫生的公事包裡。

山羊醫生開心的打開餅乾罐，喀啦喀啦吃了起來。

鈴……這時候電話響了。

「媽還好嗎？」是小火龍打來的。

「嗯，呃，還……還好。」

火龍爸爸回答得吞吞吐吐。

「醫生怎麼說？」

旁邊的山羊醫生忽然叫了起來：「沒救了！沒救了！」

「小聲點！」火龍爸爸趕緊摀住他的嘴。

「我是說這餅乾簡直好吃得不可救藥……」山羊醫生嘴裡的餅乾屑掉了滿地。

房裡的火龍媽媽突然尖叫一聲。

火龍爸爸趕緊衝進房去。

火龍媽媽躺在床上大哭。

「嗚……我床邊的餅乾怎麼都不見了？」

「等一下再跟你解釋……」

火龍爸爸衝回客廳，拿起電話。

嘟……電話已經斷了。

103

3. 公車上的小魔女

搖搖晃晃開往大草原的公車上，魔法師的女兒坐在司機旁邊。

「小朋友，」司機是一隻大貓熊：「你要坐到哪一站啊？」

「嘓！」女孩忽然發出一聲青蛙叫。

司機嚇一跳，車子差點滑出馬路。

古堡
103
大草原
Bus
Panda Bus

「你是妖怪嗎？」司機發抖著問。

女孩笑了起來，把口袋裡的青蛙抱出來：「是我爸啦。」

司機眼睛睜得更大了。

女孩把事情的由來跟司機說清楚。

「原來如此，你是魔法師的女兒啊。」

「叫我小魔女就可以了。」

「令尊變成這個樣子……沒關係嗎？」

「沒關係，等法力消退，就會變回來了。」女孩把巫師帽戴起來，遮住眼睛往後一躺，把腳蹺在儀表板上：

「司機伯伯，到了小火龍家麻煩叫我一聲喔。」

「你要去找小火龍嗎？小火龍現在大部分時間都在花園餐廳上班喔。」

「喔，是嗎？那麻煩請開到花園餐廳。」

「這是公車，又不是計程車。」司機先生笑著說：「下一站就是大草原，下車走十分鐘就到花園餐廳了。你找小火龍有什麼事？」

「我要找他報仇。」

司機方向盤一歪，車子又差點滑出馬路。

「司機先生，你可以開穩一點嗎？」

女孩抱怨說。

「是、是……呃，小火龍和你有仇嗎？」

「和我爸有仇。」小女孩從背包裡拿出「小火龍便利商店」這本書，念給貓熊司機聽。

「原來如此。」司機先生拿起水杯，喝了一口茶。「可是你還這麼小，要怎樣替你爸爸報仇？」

「我也還在想。」小女孩說：「司機先生，報仇到底是什麼意思？」

司機先生噗哧一聲，把茶噴出來。

「報仇嘛……」司機抓著後腦勺說：「大概就是有人讓你很難過，所以你也想要讓他很難過的意思吧。」

「喔？只要讓小火龍難過就可以了是嗎？我會想辦法的。」

「呵呵，祝你好運。啊，到站了。」

公車門開了，小魔女跳下車。

貓熊司機拿出一頂大草帽。

「送你，俠客都是戴這種帽子去報仇。」司機打趣說。

「啊，謝謝你！」小魔女把巫師帽換成俠客的草帽，開心的向大草原邁步前進。

啪！花園餐廳的門開了。

戴著大草帽的女孩出現在門口，大喝一聲：「小火龍，納命來吧！」

餐廳裡面吵得要命，王子、公主、騎士和各式各樣的怪獸們一邊喝咖啡、吃蛋糕，一邊說說笑笑，沒人注意到她。

只有櫃臺邊忙得不可開交的九頭龍妹妹的其中一個頭發現她。

「小火龍不在喔，」九頭龍妹妹說：「有什麼事嗎？」

「啊，不好意思，我來找他報仇。」

「什麼？包場？」九頭龍從烤箱裡托出一盤餅乾。「我們最近都客滿耶，你要包場可能要

先預約喔。」

「連報仇也要預約喔。」小女孩抓抓頭：

「請問他什麼時候回來？」

「不知道，他今天打了一通電話以後就突然跑掉了。你可以去附近山丘上找找看，有時候他會在那裡想事情。」

「好，謝謝你，打擾了！」女孩很有禮貌的脫帽一鞠躬。

4. 傷心的小火龍

花園餐廳附近的小山丘上，小火龍垂頭喪氣坐在那裡。

草原裡有個小小的東西撥開草浪，朝著他走過來。

是小熊？小狐狸？還是小矮人？

不，是一個戴著大草帽的女孩。

女孩走到小火龍面前，抬起頭。

「小火龍嗎？你好！」小火龍低頭看著她。

「你好。」

「納命來吧。」女孩笑咪咪的說。

小火龍歪頭看著她。

「說這句話的時候表情不是應該嚴肅一點嗎？」

「喔，是嗎？」女孩張大眼睛：「哈哈，不好意思，這句話是我剛從故事書裡學來的。可以重來一遍嗎？」

「不要鬧了，我沒有心情陪小孩子玩遊戲。」小火龍嘆氣。

「你怎麼了？」女孩蹲下來，仔細瞧著他的臉。

「我很難過。」小火龍說：「我媽媽生病了。」

小火龍把媽媽最近身體不舒服的事情告訴女孩。

「媽媽不知道生了什麼怪病，整個身體都腫起來了。我今天打電話回家，爸爸支支吾吾不肯告訴我病情，但是我聽到醫生說媽媽的病沒救了，也聽到媽媽在房裡哭泣的聲音……」

小火龍忽然嚎啕大哭起來。

「哇……我不要媽媽離開我！」

一顆顆像拳頭那麼大的淚水打在小女孩的帽沿上。

「難怪古時候俠客要戴這種帽子去報仇。」小女孩自言自語。

「報仇？」小火龍淚眼汪汪問。

小女孩把要為父報仇的事告訴他。

「原來你是魔法師的女兒？」

「叫我小魔女就可以了。」

「那你爸爸呢？」

「在這裡。」小魔女把青蛙從口袋捧出來。青蛙一看到小火龍就氣得亂跳。

「爸，你怎麼了？肚子餓了嗎？等一下，我看看有什麼可以給你吃。」小魔女東看看西看看：「啊，有了！」

她從地上拎起一隻死蟑螂，放在青蛙面前：

「吃吧！」

青蛙露出想吐的樣子。

「咦，不想吃？還不餓嗎？好吧。」小魔女聳聳肩，把青蛙放回口袋。

小火龍搖搖頭。看來是個糊塗的女孩。

「那現在就開始來報仇吧！」小魔女拍拍手，站起來。

「你要怎麼報仇？把我也變成青蛙嗎？」

「不，變身術只能用一次。」小女孩托著下巴想。

「嗯，該怎麼做才好呢……司機伯伯說，報仇的意思，就是要讓你難過，可是……」

小女孩繞著淚眼汪汪的小火龍走了一圈。

「你已經很難過啦。」女孩皺起眉頭：「這下怎麼辦？這樣我就沒辦法再讓你難過了……」

「我也不曉得怎麼辦。」

「啊，有了！」小魔女用力一彈指。「我想到一個好辦法，只要先讓你快樂起來，就可以再讓你難過啦，哈哈，你說，我是不是很聰明？」

「是啊是啊。」小火龍翻白眼。

小魔女用力一蹦，跳到小火龍膝蓋上，湊近他的鼻尖。

「那怎麼樣才能讓你快樂起來？」

「只要我媽媽恢復健康，我就會快樂了。」

「這麼簡單？」

「簡單？你有辦法？」

小火龍張大眼睛。

「還沒想出來。」小魔女眨眨她的大眼睛：「不過辦法想出來以後就簡單了。」

小魔女從火龍膝蓋跳下來，然後把背包裡的東西全倒出來。

一大堆亂七八糟的東西裡面，有一張學習評量表。

「我看看我學過哪些魔法。」小魔女戴起眼鏡看她的學習表：「長出貓耳朵的魔法、把睫毛變長的魔法、把湯吹涼的魔法、讓指甲發光的魔法、坐小紙船過河的魔法、把直條紋襯衫變成橫條紋的魔法、讓沒氣的汽水重新冒泡泡的魔法、預知未來三秒鐘的魔法、把魔法棒拿來當橡皮擦的魔法……」

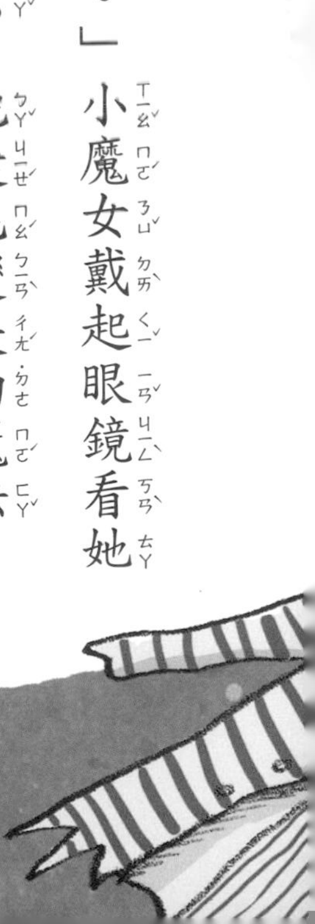

「都是一些沒用的生活小魔法嘛。」小火龍打了個呵欠。

「不是沒用，只是還沒想到怎麼用。」小魔女嘟嘴說。

「那你告訴我，把魔法棒拿來當橡皮擦有什麼用處？」

「比方說，」小魔女從背包裡拿出一本書，翻開來：「你看，這是魔法學校的課本《神奇世界大百科》。我記得裡面有一頁介紹一個神奇的地方……有了！在這裡，許願池！」

小火龍接過書，瞄了一眼。書上記載著：在大草原東方十萬里的地方，有一座許願池，只要通過湖神的考驗，任何願望都能成真。

「十萬里，誰到得了那裡？」小火龍把書還給她。

小魔女拎起魔法棒，輕輕在書上擦一擦，把「萬」字擦掉，前後的字自動接合起來，一點空白的痕跡也沒有。

許。願池
在大草原東方
十里地方，
有一許願池，
只要通過湖神的考驗，
都能成真。

「你看！東方十里外就有許願池！」小魔女得意洋洋說。

小火龍驚奇的睜大眼睛。

小魔女收好背包，拉著小火龍的手。

「走吧！到了那裡，只要向湖神許願說：『希望媽媽健康』，你媽媽的病就會好啦！還等什麼！」

小火龍眼睛亮了起來。

「嗯，走吧！」

小火龍把小魔女扛在肩膀上，向草原的東方走去。

5. 小魔女的生活小魔法

走呀走，走呀走，走到草原的盡頭，那裡出現一條大河。

「火龍，飛過去！」坐在小火龍肩膀上的女孩指揮說。

「你太重了。」小火龍拍拍翅膀：「能飛我早就飛了！」

「有了！」

小魔女跳下來，從作業本撕下一張紙，一邊摺紙船，一邊唱：

「小船小船，過河不難，幫個小忙，請到對岸！」

她把小紙船放進河裡，用魔法棒輕輕一點。

「沒有改變嘛！」小火龍說。

「快跳進去！」小魔女拉著火龍往小船一跳，咻！兩人瞬間縮小，變成了小紙船上的兩個小乘客。

「真奇妙！」小火龍和小魔女坐在小船上，駛向對岸。

到了對岸，咻，兩人又回復原狀。

「這就是你剛剛說沒有用的魔法：紙船過河。」小魔女眨眨眼說。

於是兩人繼續向前走。

走呀走，走呀走，走進一座叢林裡。一群拿著長矛的小土人把兩人團團圍住。

「小火龍，噴火！」小魔女下令。

轟！小火龍噴出一道壯觀的火焰，小土人往兩邊一跳，火焰剛好點燃他們背後一堆木頭，燃起熊熊的營火。

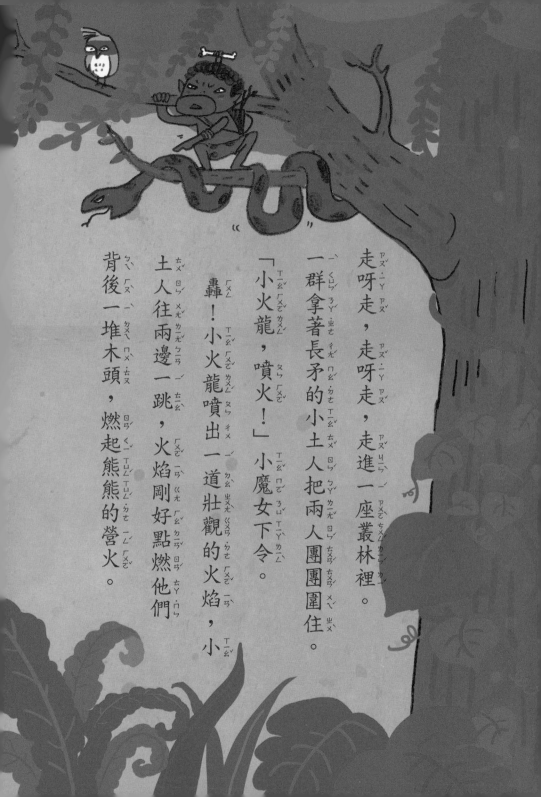

嘿咻！嘿咻！小土人扛來一個好大的鍋子，裝滿水，放在營火上。

嘿咻！嘿咻！另外一群小土人撒下網子，把兩人吊起來，丟進鍋中，然後開始往鍋裡丟青菜、洋蔥和紅蘿蔔。

小女孩揮舞著魔法棒，輕輕唱：

「好喝的湯，可惜太燙，輕輕一吹，把湯吹涼。」女孩輕輕吹一吹，鍋裡的水就變涼了。

小土人們看水怎麼燒也不會熱，覺得他們一定是神，趕緊放了他們。

「哈哈，這就是你剛剛說沒有用的魔法：把湯吹涼。」女孩對小火龍眨眨眼。

兩人穿過叢林，繼續向前走。走呀走，走呀走，走到一座城門口。兩個衛兵擋住去路。

「站住！前面是精靈王國，不是你們來的地方，快回頭！」

「為什麼？」

「因為你們一個是人類，一個是怪獸！」

「你再看清楚！」小女孩說完，揮舞著魔法棒，輕輕低聲唱：

「睫毛彎彎，指甲亮亮，小貓耳朵，尖尖長長。」

小女孩把帽子脫下來。尖尖的耳朵，長長的睫毛，兩手擺動起來，閃閃發亮，簡直就像精靈一樣。

「啊，你是……」

衛兵驚訝的喊。

「沒錯，我是精靈公主，這就是我的坐騎。」女孩拍拍小火龍。

「歡迎，請進！」

城門開了，女孩跳到火龍背上。

「這就是你剛剛說沒有用的魔法：貓耳朵、長睫毛和發光指甲。」她用鞋跟踢踢他。

兩人穿過精靈王國，繼續向東走。

走呀走，走呀走，終於出現一座大湖泊。湖邊的牌子寫著：

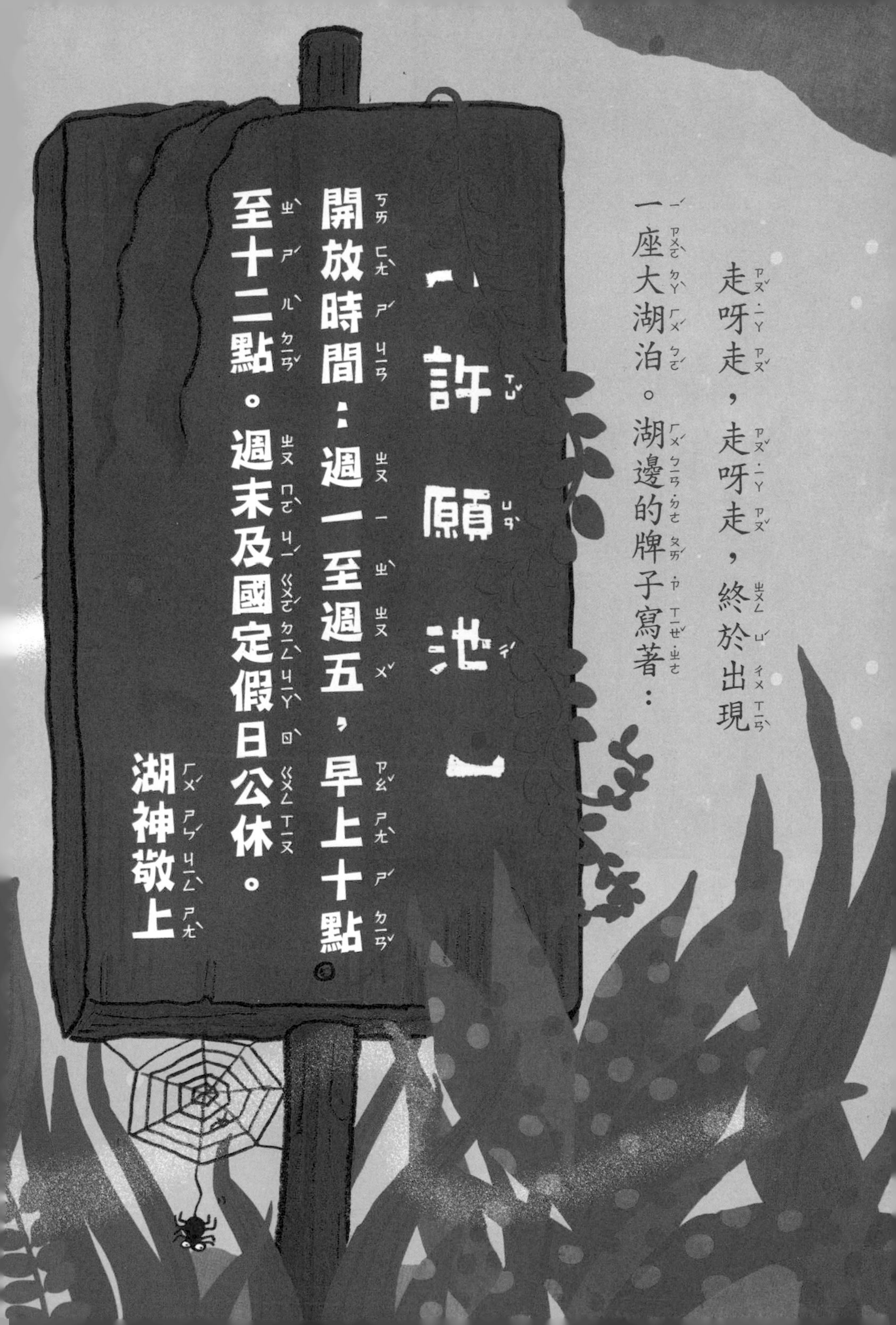
「許願池」
開放時間：週一至週五，早上十點至十二點。週末及國定假日公休。
湖神敬上

「真的有許願池耶！」小火龍歡呼。

「今天是星期幾？」

「星期六。」

「什麼！那不就要等到下禮拜一才開放？」小火龍抱住頭：「我媽媽可能等不到那時候了。」

「我們叫湖神現在就出來！」小魔女撿起幾顆小石頭，往湖裡丟。

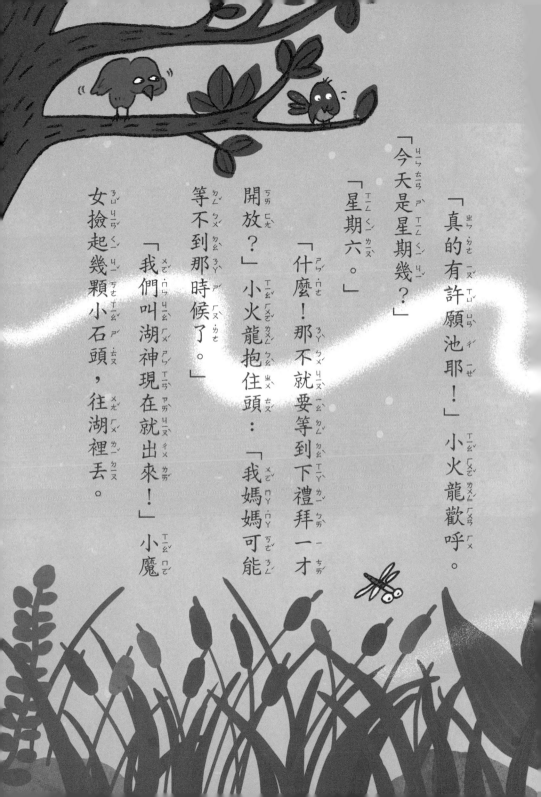

撲通，撲通，湖裡還是沒動靜。

「他一定是睡著了。」小火龍搖搖頭：「你還有什麼辦法嗎？」

「我有一個讓沒氣的汽水重新冒泡的魔法，試試看好了。」

小魔女揮舞起魔法棒，輕輕唱：

「噗嚕噗嚕，噗嚕噗嚕，希哩希哩，蘇嚕囌嚕。」

整座湖的湖水像剛扭開瓶蓋的汽水一樣，猛冒泡。

「吵死人啦！」嘩啦一聲，湖神從水裡跳出來：「這樣我怎麼睡午覺！」

「啊，湖神爺爺，你醒了。」小魔女拍手。

「叫我湖神伯伯就可以了。」湖神整理一下溼淋淋的頭髮和鬍子：「我才三千歲。是你們把我吵起來的嗎？」

「對不起，我們有緊急的事情要許願。」

「好吧，」湖神打了個呵欠：「可是照規矩，你們必須先通過湖神的考驗喔。」

「什麼考驗？」

「猜拳。」湖神扮了個鬼臉：「而且是兩手一起猜。很難吧？如果猜輸了，你們就只好打道回府。」

「打道回府是什麼意思？」小魔女問。

「就是回家的意思。」小火龍解釋給她聽。

「沒問題，猜拳你來就行了！」小魔女揮舞起魔法棒，小聲對小火龍說：「我會告訴你要出什麼。」

「那就來吧！」湖神揮舞著兩隻大拳頭。「左手出剪刀，右手出石頭。」女孩低聲說。「一、二、三！」湖神輸了。

小魔女對火龍眨眨眼：「這就是你說沒有用的魔法：預知未來三秒鐘。」

「說吧，你們要許什麼願望！」湖神氣嘟嘟的說。

「我的願望是……」小火龍正要許願，鈴……口袋裡的手機響了起來：「對不起，我接一下電話。」

湖神只好在湖邊找了一塊大石頭坐下來，托著下巴等。三千年來第一次碰到這種事。

「喂，爸，你找我？嗯……有，我在聽，什麼？要我有心理準備？

媽怎麼了？」小火龍仔細聽著手機，過了一會兒，突然大叫一聲：「什麼！」

「怎麼了？」湖神和小魔女都靠過來。

小火龍掛掉手機，抬頭看著遠方說：「我媽生了。」

「生了？」

「嗯，生了一

個小寶寶。」

小魔女張大眼睛：「所以，她沒生病？」

「她沒病，只是懷孕而已，因為快生了，身體不舒服。」小火龍搖搖頭，鬆了一口氣：「我們火龍不管多老都可以生孩子，而且只要懷孕一個月。但我爸之前一直不好意思告訴我。」

「原來如此。」小魔女笑了：「那我們現在可以打道回府了。」

小火龍和小魔女向湖神一鞠躬。

「不好意思，我們現在不用許願了……」

「你們開我玩笑嗎？」湖神滿臉通紅：「從來沒有人對我這樣。」

「那……我們還是隨便許個願好了。」小火龍在小魔女耳邊說：「不要讓湖神爺爺失望。」

「許什麼願好呢？」小火龍指了指小魔女口袋的青蛙。

「喔，對了，幫我爸許個願好了！」

小魔女恍然大悟：「親愛的湖神爺爺啊……」

「是湖神伯伯。」湖神糾正她。

「我希望爸爸有一家新商店，而且生意興隆，而且過去他犯的錯，國王都原諒他，而且我也能回學校讀書，什麼造句都難不倒我。」

「這樣到底算是幾個願望？」湖神問。

「我也不知道，我的數學不太好。」小魔女聳聳肩說。

「好吧，就讓你的願望成真吧！」

湖神往天空一指，天空出現一道道像煙火一樣的美麗光芒，向四面八方綻放。

Magic☆
魔法師便利店・NEW!
Re open
全新開幕!!
老闆不在家
大特賣!!
酷涼:
第二杯半價
welcome

6. 沒想到……

沒想到，沒想到，沒想到這個夏天這麼棒。

沒想到，沒想到，沒想到沒有用的
小魔法也能幫上大忙。

沒想到，沒想到，沒想到魔法師的
便利商店又重新開張。

一個月後，小魔女趴在爸爸店
裡的櫃臺上寫功課。

叮咚，門開了，是小火龍。

「你來得正好，還有什麼可以用『沒想到』造句？」小魔女抬頭問。

「沒想到你這麼用功。」小火龍笑著探頭進來：「你爸呢？恢復原形了嗎？」

「魔法已經消退一半了……他在後面整理東西。」

魔法師抱著一箱餅乾，從貨架後面一蹦一跳走出來，兩隻腳還是青蛙腳。

「伯父好！」小火龍喊。

魔法師繃著一張臉，笑也不笑，把一箱餅乾放在小火龍面前。

「這個你帶回去，聽說火

龍媽媽很喜歡這種餅乾。」他想了想，又說：「謝謝你陪這個糊塗蛋去找許願池。」

「什麼糊塗蛋！」小魔女抗議。

「不是糊塗蛋，怎麼會忘記要湖神把我變回人形？害我連吃了好幾天的蟑螂。」魔法師用手指頭敲敲她腦袋。

「啊，我又想到一個造句了。」小魔女在作業本上寫著：「沒想到，沒想到，沒想到我忘了把爸爸變回來。」

魔法師搖搖頭：「唉，有時候我真搞不清楚這孩子到底是聰明還是糊塗。」

「哈哈哈。」小火龍笑著說。

「嘻嘻嘻。」一陣細細的、可愛的聲音，從小火龍腳邊傳來。

「是誰？」

小魔女探頭看。

小火龍的腳邊，出現

一隻好小好小的小小火龍。

「你怎麼也跑來了！」

小火龍把小小龍抱起來。

「你才一個月大就到處亂跑！」

「我跟哥哥來的。」

小小龍咯咯笑著。

「你這樣很危險！」

小火龍說。

「我不怕。」小小龍對著小火龍噴出一小股火焰。轟！

小火龍的臉黑了。「你怎麼這麼小就會噴火……」

「我看，有這種弟弟，你比較危險。」魔法師說。

「是妹妹。」小小龍說。

魔法師驚訝的張大眼睛。

「好了，我們回家吧，免得媽媽擔心。」小火龍一手抱著餅乾，一手抱著妹妹向大家揮揮手：「再見！」

「小火龍掰掰！」小魔女看著小火龍走進陽光中的背影：

「啊，有了！」她拿起鉛筆沙沙沙寫著：

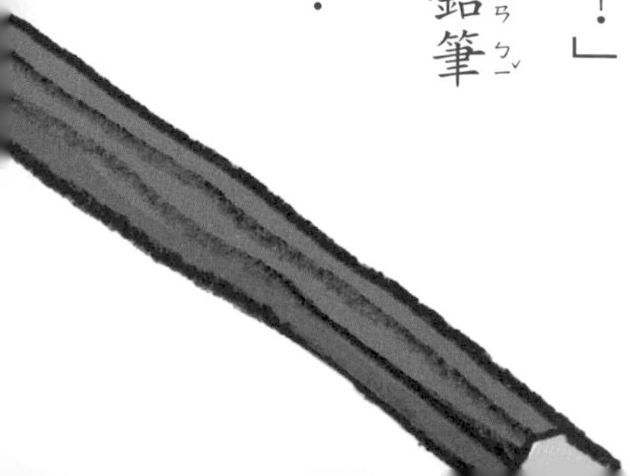

沒想到，沒想到，

沒想到本來要報仇，結果卻交了一個好朋友。

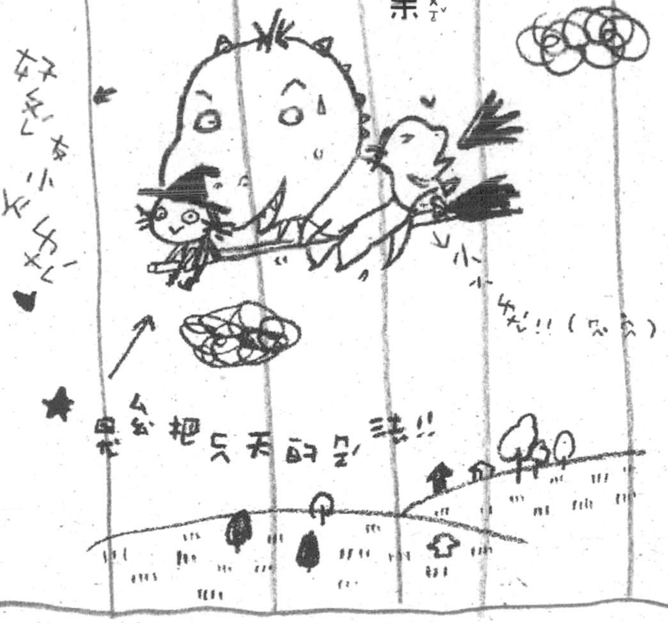

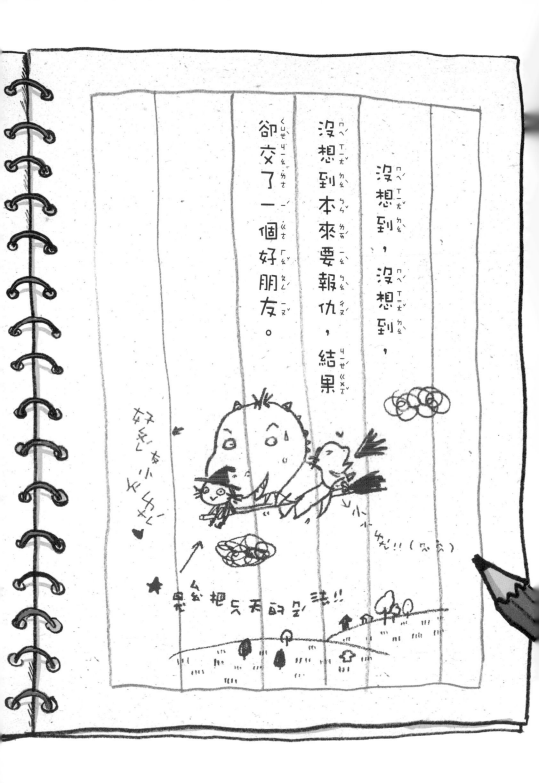

NG片段幕後特輯

——導演（作者）的話

寒風呼呼吹著，深山裡荒廢的古堡最高處，巫師緊握著陽臺欄杆，向著天空大喊：

「都是小火龍害的……我一定要去向小火龍報仇，誰也不能阻止我！」

喀喳。

破舊的陽臺欄杆斷了，巫師摔了下去。

巫師的女兒趕緊跑到陽臺上，往下喊：「爸爸！你還好嗎？」

喀喳。

整個陽臺垮了，小魔女也摔了下去。

「卡！卡！」導演趴在窗邊往下喊：「你們還好嗎？」

喀喳。

窗戶垮了，導演也摔了下去。

「這座古堡實在荒廢太久了……」工作人員議論紛紛。

老山羊醫生在火龍媽媽房裡替她把脈，然後嘆了一口氣，搖搖頭，走出房門。

火龍爸爸趕緊迎上前去。「大夫，怎麼樣？」

「唉，我必須告訴你一個壞消息。」老山羊嘆氣說。

爸爸伸手扶住門框。「什……什麼壞消息？」

「嗯……我忘記臺詞了。」

「卡！卡！」導演大喊。

「唉，這個鏡頭已經拍十五次了。」火龍爸爸向導演抱怨：「導演，我們換一隻山羊吧？」

「不行，只有他願意免費演出。」

「唉，我肚子好餓喔……」火龍媽媽打開餅乾罐子吃了起來。

「那是下一場戲要用的道具餅乾耶……」

現場亂成一團。

3

啪！花園餐廳的門開了。

戴著大草帽的女孩出現在門口，大喝一聲：「小火龍，納命來吧！」

餐廳裡面喝咖啡、吃蛋糕的王子、公主、騎士和怪獸們全都安靜下來，回頭看著她。

「卡！卡！你們要裝做沒聽到，繼續吃東西、說話，懂不懂？好，重新開始！」導演喊。

戴著大草帽的女孩出現在門口，大喝一聲：「小火龍，納命來吧！」

餐廳裡面喝咖啡、吃蛋糕的王子、公主、騎士和怪獸們忍不住還是安靜下來，回頭看著她。

「唉，這些臨時演員……」導演捂住額頭嘆氣。

小女孩揮舞著魔法棒，輕輕低聲唱：

「睫毛彎彎，指甲亮亮，小貓耳朵，尖尖長長。」

小女孩把帽子脫下來，咦？完全沒變嘛。

「失效了嗎？」魔法特效人員走過來檢查魔法棒。

「啊！」精靈國的衛兵驚訝的指著導演喊。

導演脫下帽子，尖尖的耳朵，

長長的睫毛，兩手擺動起來，

閃閃發亮，簡直就像精靈一樣。

嘩啦一聲，湖神從水裡面跳出來。

「啊，湖神爺爺，你醒了。」小魔女拍手。

「叫我湖神伯伯就可以了。」湖神整理一下溼淋淋的頭髮和鬍子。

小魔女摀著嘴偷笑。

「你笑什麼？」湖神滿臉通紅。

「你的假髮快掉下來了……」小魔女笑得在地上打滾。

「卡！卡！」導演把小魔女拉到旁邊小聲交代：「可不要得罪湖神喔，祂好不容易才答應配合演出的。不要再笑了！」

「好，我忍住。」小魔女鼓著腮幫子，把笑意吞進去。

「好，我們重新開始！」

小魔女一看到湖神還是忍不住噗哧笑了出來。

「哼！我不演了！」湖神氣得沉入湖底，不管工作人員怎麼哀求，就是不肯現身。

本故事的拍攝工作因此延誤了很久，這就是作者為什麼拖稿這麼久的原因。

在地獄與天堂之間

——副導（繪者）的話

噢噢噢！真開心我們又見面了！就像電影賣座才會有續集一樣，感謝大小讀者對火龍一家子的照顧！

距離火龍送印日：
2 天！
Hi♥

創作總是美好又伴隨著痛苦。對我來說，最美好的時刻就是拿到熱騰騰的稿子……

編
火龍ㄙㄡ來囉♥
還來呀!?
加油！
悲喜交織的複雜心情

新故事鑽進腦裡和心裡的那一刻。

噗哈哈哈…♥
非常享受♥

然後，什麼叫作從天堂掉到地獄？就像這樣：

燃燒吧水腦!!

而另一個極度美好的時刻當然就是：

畫完了

先前的什麼地獄之火，大概就是為了這個狂喜的瞬間而存在吧。

書拿在手上的那刻，甚至會因喜悅呈現一種失憶狀態：

孩子！你出來了。
廢話

唉唷！這誰寫誰畫的啊？也太好笑了吧！

對了！還有種美好是得到作者另類的讚美。（編輯轉述）

水腦的圖總是有一種莫名其妙的幽默感，我很喜歡！
哲也
我莫名其妙？你才莫名其妙咧！要不是有這麼莫名其妙的故事，哪來這麼多莫名其妙的作者寫莫名其妙的圖呀！（不要牽拖我）
其實有開心
阿不就莫名其妙作者與莫名其妙繪者的完美組合，是有什麼好吵的……

作者的話（還偽裝成幕後花絮）也要配圖噢？這麼多張！好彭湃！你這次完全沒有少畫到欸！
沒錯！
哲也!!!
哼哼，要不是看在他好笑的份上！跟他說我看完笑到跌倒，哲也居然說：「跌倒了，還是要站起來，繼續畫。」
是有沒有這麼勵志……
咦？文冒出來了！
呀！小小龍！你怎麼來了！
立刻分神
轉移話題
最後也以此書獻給今年跟小小龍一起誕生的龍寶寶們。
願每個孩子都健康平安快樂的長大！
其實是導演叫我來的……

閱讀123